Deviens un lecteur étoile avec Caillou !

Inspirée de la série d'animation Caillou, cette nouvelle série de livres répartis en trois niveaux de difficulté est conçue pour les lecteurs qui amorcent l'apprentissage de la lecture. Chaque livre met en valeur un vocabulaire usuel et une grammaire simple. Des mots vedettes, en gras dans le texte, sont présentés dans un dictionnaire illustré afin de développer le vocabulaire de l'enfant.

Niveau 1
Étoile naissante

Pour prélecteur avec accompagnement

- 125 à 175 mots
- Phrases simples et courtes
- Vocabulaire de base et répétitif
- Dictionnaire en images : 6 mots

Niveau 2
Étoile montante

Pour apprenti lecteur avec accompagnement

- 175 à 250 mots
- Phrases plus longues
- Vocabulaire usuel
- Dictionnaire en images : 8 mots

Niveau 3
Étoile filante

Pour lecteur en quête d'autonomie

- 250 à 350 mots
- Phrases plus complexes
- Vocabulaire riche et varié
- Dictionnaire en images : 10 mots

Texte : adaptation par Rebecca Klevberg Moeller.
Tous droits réservés.
Texte original : Sarah Margaret Johanson, d'après le dessin animé CAILLOU
Illustrations : Eric Sévigny, d'après le dessin animé CAILLOU

Les Éditions Chouette remercient le Gouvernement du Canada et la Société de développement des entreprises culturelles du Québec (SODEC) de leur soutien financier.

Crédit d'impôt livres   Gestion SODEC

Catalogage avant publication de Bibliothèque et Archives nationales du Québec et Bibliothèque et Archives Canada

Moeller, Rebecca Klevberg
[Caillou: Getting Dressed With Daddy. Français]
Monsieur Caillou

(Lis avec Caillou. Niveau 1)
Traduction de : Caillou: Getting Dressed With Daddy.

Publié antérieurement sous le titre : Caillou s'habille comme un grand.

Pour enfants de 3 ans et plus.

ISBN 978-2-89718-472-8 (couverture souple)

1. Caillou (Personnage fictif) - Romans, nouvelles, etc. pour la jeunesse.
2. Vêtements - Romans, nouvelles, etc. pour la jeunesse. I. Sévigny, Éric. II. Pleau-Murissi, Marilyn. Dress-up with daddy. Français. III. Titre : Caillou: Getting Dressed With Daddy. Français. IV. Titre : Caillou s'habille comme un grand.
PS8626.O432G4714 2018   jС813'.6   C2017-942127-1
PS9626.O432G4714 2018

Imprimé au Canada
10 9 8 7 6 5 4 3 2 1   CHO2029 MAR2018

MIXTE
Papier issu de sources responsables
FSC® C103304

Lis avec

Étoile naissante Niveau

1

Monsieur Caillou

Texte : Rebecca Klevberg Moeller, spécialiste de l'enseignement des langues
Illustrations : Eric Sévigny, d'après le dessin animé

Caillou veut s'habiller.
Où sont ses vêtements ?

Papa aide Caillou à chercher ses vêtements.

Pas de vêtements ici !

Maman lave les vêtements.

Papa a une idée. Caillou peut
porter les vêtements de papa.

Quoi ? Les vêtements de papa sont **grands** et Caillou est **petit**.

Papa trouve un **short**.

Il donne le **short** à Caillou.

Caillou est trop **petit** pour porter le **short**.

Caillou met le **short**.
Il est trop **grand** !

Papa rajoute une **ceinture**.
Il n'est plus trop **grand** !

Papa apporte une **chemise**.

Caillou rit. La **chemise** est
trop **grande**.

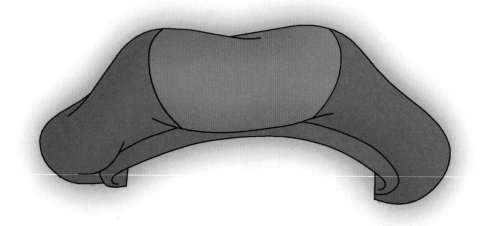

Papa met un **chapeau** sur
la tête de Caillou.

Caillou est presque prêt!

Papa ajuste la **ceinture**
de Caillou.
Il manque quelque chose…

Maman voit Caillou avec le
short, la **ceinture**, la **chemise**
et le **chapeau**.

Maman rit.

Caillou a l'air d'un **grand** garçon.

Papa a une autre idée. Une moustache !

Une moustache sur un **petit** garçon, c'est rigolo !